AF766874

الحصانُ الأسودُ

سلسلة كلاسيكيات مصوَّرة

دار جامعة حمد بن خليفة للنشر
HAMAD BIN KHALIFA UNIVERSITY PRESS

قبلَ حوالي مئتي سنةٍ، عاشَ في بريطانيا حصانٌ
أسودُ بديعٌ، اسمُهُ «بيوتي».

في ذلكَ الزمنِ كانتِ الخيولُ منْ أهمِّ وسائلِ
النقلِ. لذا كانَ على بيوتي أن يستعدَّ للعملِ الذي
ينتظرُهُ حينَ يكبُرُ.

تعلَّمَ بيوتي من أمِّهِ الكثيرَ عن الحياةِ وعن البشرِ.
علَّمتْهُ أن يكونَ لطيفًا معَ البشرِ، ومطيعًا لهم.

وعلَّمتْهُ أن يحذرَ من الحوادثِ، لأنَّها
قد تُهلكُ الفارسَ والحصانَ معًا.

حينَ بلغَ عامَهُ الرابعَ، صارَ
بيوتي قادرًا على جرِّ العربةِ
ونقلِ الركَّابِ.

اكتملَ جمالُ بيوتي بعدَ سنواتٍ قليلةٍ.

أُعجب السيِّد غوردن ببيوتي فاشتراهُ. كانَ رجلًا لطيفًا، لكنَّ بيوتي حزنَ على فراقِ والدتِهِ.

في المزرعةِ الجديدةِ، حظيَ بيوتي بالعنايةِ والمحبَّةِ.

كوَّنَ صداقاتٍ جميلةً معَ الكثيرِ من الخيولِ: جنجر الفرسِ النشيطةِ، وسير أوليفر الحصانِ الحكيمِ، وحصانِ البوني الصغيرِ ميريلغز.

تعزَّزتْ صادقةُ بيوتي معَ جنجر، فقد ساعدَها كثيرًا
لتتخلَّص من اندفاعِها الزائدِ، ودرَّبها لتتحكَّمَ بسرعتِها.

ذاتَ يومٍ، اندلعَ حريقٌ كبيرٌ.

تمّت السيطرةُ على الحريقِ أخيرًا، ولكنَّ مشكلةً أخرى كانتْ تنتظرُ عائلةَ غوردن.

مرضَتِ السيِّدةُ غوردن بشدَّةٍ. طلبَ الطبيبُ أن تنتقلَ إلى بلدةٍ دافئةٍ.

قبلَ سفرِ عائلةِ غوردن، بِيعتْ خيولُها، فتفرَّقتْ بينَ البلداتِ المختلفةِ.

فِي الاسطبلِ الجديدِ، عاشَ بيوتي أيَّامًا صعبةً، تعرَّضَ للحوادثِ والإساءاتِ.

ثمَّ اشتراهُ سائقٌ في مدينةِ لندن.

كانَ العملُ صعبًا، ولكنَّ بيوتي تحلَّى بالصبرِ والشجاعةِ.

بِاعَ السائقُ عربتَهُ وبيوتي، وانتقلَ إلى الريفِ.

لسوءِ الحظِّ، وقعَ بيوتي بين يدي رجلٍ قليلِ الرحمةِ.

بعدَ فترةٍ، جُلبتْ جنجر إلى الاسطبلِ.

فرِحَ بيوتي برؤيتِها، ولكنَّهُ حزنَ كثيرًا لحالِها السقيمةِ والمنهكةِ.

تفاقمَ مرضُ جنجر وكادتْ تموتُ. لم يستطعْ بيوتي فعلَ شيءٍ. كانَ يجلسُ قربَها ويؤكِّدُ لها أنَّها ستُشفى.

بعدَ أيَّام، أتى طبيبٌ بيطريٌّ إلى الاسطبلِ. حينَ رأى حالَ بيوتي وجنجر، قرَّرَ شراءهُما والعنايةَ بهمَا في مزرعتِه.
شُفيتْ جنجر، وراحتْ تعدو سعيدةً بينما بيوتي يقول: «ها قد أتى أخيرًا الغدُ الجميلُ الذي انتظرناهُ».